— 湖泊科普系列丛书 —

诗韵湖泊

中国科学院南京地理与湖泊研究所 主编

南京大学出版社

图书在版编目（CIP）数据

诗韵湖泊 / 中国科学院南京地理与湖泊研究所主编 . -- 南京：南京大学出版社，2019.12
（湖泊科普系列丛书）
ISBN 978-7-305-22848-3

Ⅰ. ①诗⋯ Ⅱ. ①中⋯ Ⅲ. ①诗集 - 中国 - 当代 Ⅳ. ① I227

中国版本图书馆 CIP 数据核字 (2019) 第 296198 号

出版发行	南京大学出版社
社　　址	南京市汉口路 22 号　邮编 210093
出 版 人	金鑫荣
丛 书 名	湖泊科普系列丛书
书　　名	**诗韵湖泊**
主　　编	中国科学院南京地理与湖泊研究所
责任编辑	田　甜　　　　编辑热线　025-83593947
照　　排	南京观止堂文化发展有限公司
印　　刷	南京凯德印刷有限公司
开　　本	889×1194 1/32　印张 5.75　字数 150 千
版　　次	2019 年 12 月第 1 版　2019 年 12 月第 1 次印刷
ISBN	978-7-305-22848-3
定　　价	58.00 元

网址：http://www.njupco.com
官方微博：http://weibo.com/njupco
官方微信号：njupress
销售咨询热线：（025）83594756

* 版权所有，侵权必究

* 凡购买南大版图书，如有印装质量问题，请与所购图书销售部门联系调换

湖泊是宝贵的自然资源
——《湖泊科普系列丛书》总序

湖泊是镶嵌在大地上的蓝色珠宝，它不仅景色幽静，环境优美，还是生命之源，万物繁衍的地方。地球上约有14亿立方千米的水，其中约97.5%为咸水（主要在海洋中），2.5%为淡水，而这2.5%淡水的大部分（约70%）还被冻固在极地和高山的冰川中，能直接为人类所用的水仅仅是湖水、河水和部分地下水，总量不及全球水量的1%。可见淡水之宝贵，湖泊之宝贵。

我国湖泊资源丰富，分布广泛，类型多样，从青藏高原到太平洋西岸，面积1平方千米以上的自然湖泊近2700个，总面积达8万多平方千米，约占国土总面积的1%；既有淡水湖，也有咸水湖，有构造形成的断陷湖，火山形成的火山口湖、堰塞湖，冰川形成的冰川湖以及河流改道形成的牛轭湖等。这些湖泊滋润着祖国大地，养育着亿万生灵，蕴藏着丰富资源，形成了鱼米之乡……

"淼淼长湖水，春来发绿波"，有湖泊就有生机，保护湖泊是生态文明建设的重要组成部分，必须引起高度重视，既要加强对湖泊的科学研究，也要提高广大群众对湖泊重要性的认识。在这方面中国科学院南京地理与湖泊研究所的科研人员做了大量卓有成效的工作，他们不仅在湖泊研究方面取得了举世瞩目的成就，在普及湖泊科学知识方面也非常努力。最近由薛滨和郭娅两位研究员主笔，多位专家参与完成的由《中国湖泊趣谈》《中国湖泊掠影》《诗话湖泊》《诗韵湖泊》等构成的《湖泊科普系列丛书》，以各种典型湖泊为代表，从过去到现在，从局部到整体，全面介绍了中国湖泊的现状、特点和功能，并以精彩的图片展现了许多湖泊的美丽景色，给人以赏心悦目的感受。特别是《诗话湖泊》，别开生面地引用了大量古代诗人对一些湖泊的生动描绘和抒情，诗中有画，画中有诗，实有"沓沓波涛阅古今"之势，让你体会"天与水相通，舟行去不穷""湖平孤屿出，天阔万峰来"那种奇妙的境界，和"尽说西湖足胜游，谁信东湖更清幽"的评述。一个湖泊是一面镜子，一幅画卷，一部诗作，这种把科学与文学艺术有机结合的创作，使读者从中既学到了知识，也受到了艺术的熏陶，可谓学中有乐、乐中有学，值得在科学普及中提倡。我有幸先睹为快，相信它不仅能吸引广大读者的眼球，更能鼓动许多人投身到那充满诗情画意的人间仙境，一览碧波荡漾、柔情似水的湖泊魅力，领略大自然的神奇！

中国科学院院士，中国科普作家协会名誉理事长

2018 年末

序

这是一个不算冷的冬天,《诗话湖泊》的姊妹篇《诗韵湖泊》终于要集结出版了,一篇篇描写美丽湖泊的散文,一首首抒发热爱湖泊的诗词,总让人有深临其境之感,令人心旷神怡,激情澎湃。自古以来,人类围湖而居,大湖流域诞生许多灿烂的历史文明;古往今来,多少文人墨客行吟湖畔,以湖作诗,临湖写词,用湖撰文,留下了难以计数的诗文词赋。美文、美诗、美词,美画、美景、美情,千百年来她们与亭台楼榭、楹联碑刻、逸事传说一起流传至今,积淀成我国独特的湖泊文化,成为我国传统文化的重要组成部分,极大地丰富中华民族的文化精髓。

我国是一个湖泊资源丰富的国家,近年来随着"走生态良好的文明发展道路,建设美丽中国"等科学发展理念的不断推进,保护湖泊生态环境保护已成为公众关注的热点。山水林田湖草,生命共同体,湖泊作为人民生产生活的核心单元,也越来越受到政府、科学界、公众的高度瞩目。与此同时,随着人民物质和精神生活的显著提高,湖泊文化传播与湖泊科学知识的交融也日渐深入和广泛,有越来越多的诗词来表达湖泊之美,感受湖泊之贵,传承和弘扬湖泊文化,提升大众湖泊保护意识。

绿水青山看中国,美丽中国看湖泊。为了让更广泛的公众关注湖泊、了解湖泊、品味湖泊文化,也值新中国成立70周年之际,中国科学院南京地理与湖泊研究所湖泊与环境国家重点实验室联合江苏省海洋湖沼学会、南京市诗词学会于2019年5—8月主办"大美中国·诗意湖泊"主题诗文征集大赛，这次活动旨在进一步提升公众对湖泊科学的认知以及对湖泊文化的了解，面向全国各地所有关心湖泊环境的诗词爱好者征集相关原创诗、词、散文等素材，繁荣湖泊科普创作，激发大众兴趣，增强文化自信。经广泛发动和宣传，在短短4个月时间里，大赛征集到来自社会各界相关诗文作品上千首，既有古风，也有新韵，既有抒发对湖泊千差万别的自然风光美景的喜爱，也有关于湖泊生态环境保护、服务功能发挥、治理管理等多个方面的称颂。这些作品寄情湖泊，放歌祖国，激昂表达了投稿者的时代情怀，为生态中国书写美好诗篇。

　　诗中有湖，湖中有诗。古人以湖为景，咏物寓情，留下了许多感人至深、脍炙人口的作品；今人吟湖作词，用一句句华丽的词藻、一首首浪漫的诗篇，深情赞美湖泊的美丽。本书遴选了本次大赛的部分佳作，经过与投稿者的商量，配以图片，图文并茂、编辑出版，从本书汇编的诗篇中可以领略到太湖的碧波荡漾，滇池的海鸥连天，洱海的风花雪月，白洋淀的馥馥莲芳，洪泽湖的点点渔帆，镜泊湖的云落清波，鄱阳湖的湖水鳞光，呼伦湖的蓝天白云辉映，九寨沟五彩池的光彩四溢，更有那青海湖的蓝，蓝得纯净，蓝得深湛，也蓝得温柔恬静，镶嵌在祖国高原大地上，像极了小姑娘那水灵灵蓝晶晶的眸子，那蓝得发亮的湖水，在雪山和草原之间，熠熠闪光，蓝蓝的湖水和蓝蓝的天连在了一起，分不清哪是湖水，哪是天……湖美，诗美，祖国最美！

本书《诗韵湖泊》是湖泊科普系列丛书(《中国湖泊趣谈》、《中国湖泊掠影》和《诗话湖泊》)的第四册,编者是从事湖泊研究的科技人员,利用闲暇时间,在湖泊相关的科普领域从事创作,不当之处在所难免,也希望有更多的湖泊专业、非专业的同行,推动湖泊科学普及教育的事业。

谨以这本《诗韵湖泊》献给热爱湖泊、喜爱诗词的读者。时值全国抗击新型冠状病毒肺炎之冬天,期盼晴朗暖暖的春天早日到来!

编 者

于南京玄武湖畔

目录

【第一篇 · 华夏明珠】

- 沁园春 · 中国湖泊　　002
- 咏十大名湖　　003
- 湖赞　　004
- 咏鄱阳湖口　　006
- 咏洞庭湖　　008
- 咏呼伦湖　　009
- 泛舟乌梁素　　012
- 赛里木湖上歌　　013
- 博斯腾湖　　014
- 纳木错　　016
- 卜算子 · 再游青海湖　　017
- 醉花间 · 喀纳斯湖　　018
- 七律 · 太湖春晓　　019
- 水调歌头 · 锦山秀水千岛湖　　020
- 天池　　021
- 滇池　　022
- 抚仙湖　　023

- 西湖行吟　　　　　　　　024
- 故乡的湖　　　　　　　　026
- 湖　　　　　　　　　　　028
- 湖，谁将有幸娶你做新娘　030
- 谢谢你，湖泊　　　　　　033

【第二篇·科学诵湖】

- 水调歌头·赞江苏环保　　　03
- 临江仙·河长　　　　　　　03
- 山坡羊·天山湖泊行　　　　03
- 澜沧江之大朝山水库　　　　04
- 站在历史的最高处　　　　　04
- 居延海　　　　　　　　　　04
- 星云湖见水华有感　　　　　04
- 松花湖行　　　　　　　　　04
- 水调歌头·千岛湖之恋　　　04
- 水龙吟·咏太湖　　　　　　05
- 星云湖　　　　　　　　　　05
- 石臼湖　　　　　　　　　　05
- 喜南京"两湖一河"告别围网养殖　05
- 南京月牙湖整治新貌　　　　05
- 游潘安湖有感　　　　　　　05

【 第三篇 · 古风湖韵 】

- 云南抚仙湖　　　　　　060
- 湖北梁子湖　　　　　　061
- 游大明湖　　　　　　　062
- 游西湖　　　　　　　　063
- 呼伦湖　　　　　　　　064
- 贝尔湖一景　　　　　　065
- 玄武湖　　　　　　　　066
- 初秋登岳阳楼晚眺洞庭湖　067
- 梦游宁夏沙湖吟得七律两首　070
- 七律 · 赤山湖湿地行吟　　071
- 塞罕坝草原观七星湖　　072
- 游安峰山水库　　　　　073

- 金寨梅山水库行　　　　074
- 沁园春 · 咏洞庭　　　　075
- 谒金门 · 洞庭西　　　　076
- 江城子 · 暮游博斯腾湖　077
- 望洞庭湖　　　　　　　080

- 如梦令·济南大明湖　　081
- 一剪梅·春到桃林湖　　082
- 桂枝香·游相思湖感赋　　083
- 沁园春·锦绣玄武湖　　084

- 念奴娇·靓夜后湖洲　　08
- 临江仙·泛舟后湖　　08
- 行香子·高淳固城湖　　08
- 绿意·双范龙湖晨眺　　09
- 七律·题佛灵湖　　09
- 一剪梅·胭脂湖　　09
- 诉衷情·梅梁湖　　09
- 风入松·春游大纵湖　　09
- 西江月·琵琶湖　　09
- 水调歌头·大泉湖　　09
- 南乡子·为紫霞湖题照　　09

【 第四篇 · 名湖新咏 】

- 赛里木湖,蓝色密码　　　　100
- 乌海湖,接近大海的湖　　　　102
- 月牙泉　　　　　　　　　　104
- 鄱阳湖（组诗)　　　　　　106
- 鄱阳湖的水　　　　　　　　108
- 固城湖放歌　　　　　　　　110
- 在呼伦湖的波浪里,我愿做一只小鸟　112
- 石臼湖畔是家乡　　　　　　116
- 莫愁,约我走湖　　　　　　118
- 楠溪江上,鹭鸟的长腿探出传说　120
- 借我一座小岛就足够了　　　121
- 与渔村交谈　　　　　　　　124
- 半亩方塘　　　　　　　　　128

【 第五篇 · 锦绣江南 】

- 花神湖探春　　　　　　　　132
- 醉美大石湖　　　　　　　　133
- 七言旧体诗一首　　　　　　134
- 仙林羊山湖遐思　　　　　　135
- 采红菱　　　　　　　　　　137
- 湫湖　　　　　　　　　　　140

- 我喝着东屏湖的乳汁长大 142
- 鹧鸪天·诗意高邮湖 144
- 莫愁湖 145
- 湖边家居 146
- 固城湖夕照 147
- 玄武湖 148
- 落霞固城湖 149
- 固城湖蒋山渡口 150
- 固城湖（二首） 151
- 石臼湖大桥 152
- 夏游玄武湖 153
- 赞金牛湖 156
- 咏固城湖 157

- 固城湖 15
- 石臼湖 15
- 晨，玄武湖 16
- 七律·畅游汾湖 16
- 星海湖 16
- 龙墩湖观日出 16
- 大泉湖畔 16
- 花神湖 16
- 石臼湖 16
- 游高邮湖 16
- 致谢 16

01

华夏明珠

沁园春·中国湖泊

周勤璋

中华诗词学会

烁烁繁星，闪闪明珠，漫嵌九州。览风摇绿扇，芰荷万顷；船耕碧浪，虾蟹千舟。锦羽翱翔，银鳞腾跃，万类因之乐不休。似明镜，映参辰日月，几见沉浮。　　偕同伴侣常游。想沿岸、万家灯火稠。赏洞庭雄阔，鄱阳奇伟；太湖深秀，西子娇柔。生命资源，人居仙境，却有环污百劫忧。真情唤，让爱心永驻，碧水长流。

咏十大名湖

陈凌辉

广东省佛山市公安局政治处

世外桃源青海湖，波澜壮阔渺无极。
湛蓝明澈心绪宁，清灵纯净沁心脾。
浩渺鄱阳连江海，峰岭绵延如林立。
浪涌波腾沉鳞跃，候鸟翩飞彰活力。
神仙洞府云梦泽，纵横湘鄂八百里。
北合长江碧连天，南接四水风光丽。
太湖秀水美名传，湖光山色心神怡。
朝晖夕阴映成辉，气象万千意境奇。
西湖十景留佳话，文人骚客抒胸臆。
青山叠翠花木繁，碧波万顷杨柳依。
饶人东湖十里荷，和风阵阵花香袭。
楚风浓郁行吟阁，分外繁华景旖旎。
嘉兴南湖烟雨楼，风雷激荡忆往昔。
红船精神传千古，多事之秋愈坚毅。
清瘦狭长瘦西湖，南秀北雄融一体。
康乾时期定格局，湖光潋滟清如洗。
黄浦江源淀山湖，水波荡漾泛涟漪。
历史悠久难追溯，绿树蔽空掩长堤。
避暑胜地玄武湖，金陵明珠清波碧。
皇家园林气恢弘，微风轻抚金琉璃。
一湖烟雨千岛湖，岛渚星罗散如砾。
闲坐亭台听荷声，晚观红霞心惬意。

湖赞

杨 琦

湖北中医药大学

是你

烟波浩渺

雾霭沉沉

映照过千年前的秋月

陪伴过岸边彳亍的怀春少女

也装饰过诗人的梦

你是西子

风姿绰约

你是明镜

连天无际

你是托着青螺的白银盘

你是泛舟狂客的灵魂归处

杨万里爱你的接天莲叶

孟襄阳喜你的气蒸云梦

烟柳画桥,风帘翠幕

让柳三变传颂了千年

水光潋滟,山色空蒙

东坡将你描成了一幅永恒的画卷

范蠡西施

终是因你有了归处

醉酒的易安

在你的挽留中忘了归路

逐月的谪仙

从此在你的怀中长眠

如果没有你

苏杭应会少了天堂的灵韵

三吴之地该少了多少繁华

岳阳楼，滕王阁

或许也不会名满天下

青海的群鸟又有何处是家

你是塞上的炫目明珠

你是荒原的璀璨宝石

你有江浙的小家碧玉

你有藏地的清冷圣洁

你孕育了万千的生灵

你见证了多少朝代的更迭兴旺

烟柳依旧

采莲人的菱歌早已散去

白堤犹在

可谁又知你送走了多少过客

千百年的时光啊

也未曾让你老去

静若明镜的你

惊涛拍岸的你

成就了多少凄美传说

谱成了多少诗词佳作

你啊你

怎么能不让人为你爱的深切

咏鄱阳湖口

胡迎建

江西省社科院

冰川造化日,地层渐陷下。
唐时成巨浸,容纳五河泻①。
周遭八百里,水天互溕漾。
涵泳星河汉,倾倒匡庐嶂。
山锁江湖间,俨然石钟状。
撑峙石巉巉,白鸥有依傍。
石窟噌吰响,其声激于浪。
湖口如咽喉,吐纳势奔放。
或洪波舂撞,鬼嚎声凄怆;
或清黄可辨,豁眸送浩荡。
或琉璃凝碧,天水共澄亮;
或帆樯如林,滨湖渔歌唱。
或湖洲裸露,石脚瘦骨样。
神工驱鬼斧,劈此奇境贶。
钟爱灵秀地,平添山川壮。
古来割据者②,赖此相对抗。
倏而化虫沙,可怜鱼腹葬。
我来太平楼,胸怀一何旷。
想见飞虹桥,横跨湖口上。
四方争辐辏,天堑亦通畅。

注：① 五河：鄱阳湖五大水系，赣江、抚河、信江、修水、昌河。
② 隋林士弘、元陈友谅、明朱宸濠等俱曾据守于此。

咏洞庭湖

夏征宝

新疆维吾尔自治区供销社

山连吴楚地,水润米粮川。
浴日流光闪,浮云倒影迁。
暮烟笼翠柏,晨雾露帆船。
鱼跃千层浪,花开百丈莲。

咏呼伦湖

安成邦

兰州大学

闻道呼伦好,烟波十万坪。
云栖水天碧,雁叫晓昏晴。
拓跋祖庭地,可汗诸王城。
时逢太平乐,兴尽马蹄轻。

注:2019年8月,有幸来到呼伦湖畔。这里是鲜卑民族的起源之地,也是成吉思汗分封的东路诸王的王城所在之地。

泛舟乌梁素

全　栋

内蒙古农业大学

塞上明珠乌梁素,烟波浩渺入画图。
天青水静碧波漾,鸳栖鱼跃百草生。
携觞泛舟余晖远,倦鸟夕霞倒影悠。
闲逸归途心田暖,且将诗情话纸间。

赛里木湖上歌

王广华

中华诗词论坛

天山西,天山北,造父竞作夸父速。云车不转博斯腾,天马行来赛里木。赛里木,赛里木,沧浪之中焉无珠,苍穹其下应有玉。当年可濯将军缨,如今来濯游子足。道是情人眼泪微苦咸,几许尘土岂能使其浊。水上纵不生芙蕖,原上却自生苜蓿。白发逗灰驴,青童戏黄犊。洛下书生临水将讴吟,湘上农人隔山去放牧。野羊不为野客炊,天鹅来作天人浴。呼飞鸿,唤飞鹄,吾不能与汝上重天,亦不能与彼走同谷。杜少陵,林少穆,汝勿忧吾餐,汝勿忧吾宿。雪岭所垣即雪堂,云杉所荫即云屋。食则不必鱼,居则不必竹;西洲不必梅,东篱不必菊。菊英能养心,桃实能果腹。天池而下果子沟,但将秋衣作春服。莫鼓瑟,莫击筑,且尽一杯伊力特,听吾临风为汝歌一曲。

博斯腾湖

王会东

河北省秦皇岛市青龙一中

晨风漫过起芦花,载上渔歌任放槎。
日暮船低回晚棹,波光万顷皱霓霞。

纳木错

陈浩

中国科学院青藏高原研究所

蓝宇透明珠,白云写大湖。
一船荡悠往,两雪披晚梳。
暮浪千光皱,空原一风呼。
碎石堆岸扇,衰草睡野凫。
牛轭水涸去,青泥苔露出。
完工月不见,星火醒远途。
晨起日照炙,驱车转鸿舻。
所向扎西岛,高波摇曳逐。
天清水湛湛,云淡山秃秃。
藏地念青语,神山与浮屠。
如此多峻美,凡尘安得渎?

注:纳木错,青藏高原上的湖泊,位于西藏自治区念青唐古拉山北麓,海拔4730米,面积近2000平方千米,是著名的旅游景区,为藏传佛教三大神湖之一,也是中国科学院多圈层观测与研究基地所在。流域有雪山、草原、村落,正所谓"大美中国·诗意湖泊"。这首诗2016年6月28日创作于纳木错站,现已经谱成曲(QQ音乐)。

卜算子·再游青海湖

黄锦端

江苏省南京市红十字会

万顷碧波清,千亩黄花绚。又到高原七月天,又见青湖面。一别十余年,一见仍惊艳。聚散随缘天地宽,未许些些愿。

醉花间·喀纳斯湖

王农林
中国科学院国际合作局

雪映喀湖纱半开,神女含羞来。草原听传说,苏尔飘天籁。　　三湾走徘徊,曲径印苍苔,更上观鱼台。莫道瑶池降人间,牧歌远,夕阳外。

注:"苏尔",蒙古族图瓦人的一种乐器,亦说即"胡笳"。"三湾",喀纳斯湖下游河道中的三个景点:神仙湾、月亮湾、卧龙湾。

七律·太湖春晓

王农林

中国科学院国际合作局

碧水荡漾湖山幽,春光无限织锦秀。
长堤纷纷飘红樱,晓岸葱葱垂绿柳。
层浪飞溅邀蓝天,渔帆扬波戏白鸥。
欲问西子浣纱处,泛舟五里湖中游。

注:五里湖系太湖伸入无锡的内湖。传说当年范蠡施美人计帮越王勾践灭了吴国后,就携西施泛舟五里湖隐居了。

水调歌头·锦山秀水千岛湖

许华凌

辽宁省抚顺市新抚区一校工会

人杰地灵处,千岛秀平湖。仙池清澈如镜,凭望碧云舒。海北天南游客,异国他乡商旅,络绎满川途。风景这边好,长向世间殊。　　赏湖光,观山色,醉玉壶。兰舟催发,最喜红袖唱柔舻。满目开元气象,一幅贞观画卷,万里富春图。到此应圆梦,决计卜居无。

注:① 千岛湖:位于浙江省淳安县境内,因湖中有大小1078个岛屿而得名,为我国著名风景区。

② 开元、贞观,我国唐代著名盛世时期,当时天下大治,国富民丰。

天池

史烨

江苏省楹联协会

自然无想涤心境,俗念随波化紫烟。
绿树青青青到水,白云漫漫漫盈天。
楼台舞剑英姿爽,亭角捧书绳索闲。
一片安然归静好,风传天籁伴池眠。

滇池

陈浩

中国科学院青藏高原研究所

明珠失色染尘埃,风暖数番颜不开。
浊浪不疲常涌起,滩石无语满青苔。

注:滇池,云南有名的一大湖泊,但污染严重,水体富营养化。这首诗于 2012 年 3 月地理实习考察时创作。

抚仙湖

顾秋锦

中国科学院南京地理与湖泊研究所

青山环绕绿水边,大美中国有抚仙。
杨柳依依绕湖畔,鸟儿翩翩现蓝天。
碧波万顷明如镜,好似银河入凡间。
风吹湖面波浪翻,清澈可见鱼儿穿。
朝阳夕霞湖月夜,潮涨潮落天地间。
我观抚仙赛西子,花香鸟语醉人恋。
亲吻湖水似甘泉,造福万民恩泽缘。
湖光美景赏不够,赞叹华夏好河山。

注:抚仙湖采样过程中,有感而发。

西湖行吟

李萍
中国作家协会

一个大家闺秀的名字
一个小家碧玉的名字
一个浓妆淡抹总相宜的名字
于无声处,洗尽铅华

杭州,你的烛影与旧梦
如桃花,饱蘸浓浓的春华
更多的桃花,在唐诗里生长
从宋词里旁逸斜出
婀娜为名叫三月的女子

千里莺啼,苏堤和白堤
是两根泛青的枝条
越来越多的花蕾
被暖风醺得
醉出岁月的芬芳
开出一生的烂漫

断桥,输于一段白雪
却预约了天上人间
无数良缘
一柄伞收拢风雨
都说天下文人写尽了杭州
一把折扇

便打开了无边的风月

西湖，且允我裙裾飘曳
长袖善舞一回
在你三月的额头上
在你含烟的眉黛间
缀上一粒红樱桃
点上一枚朱砂

故乡的湖

马晓炜

江苏省南京市江宁区政法委

一方清澈的湖水
深深根植在我故乡的土地
维系着村庄生生不息的命脉

春天,我吹着柳笛、追着柳烟
奔跑在湖岸草长莺飞燕语的风光里
那一抹新绿
至今还在我的心田生机盎然

夏天,我嬉戏在湖中
晶莹的浪花轻抚着我黝黑的肌肤
鲜美的鱼虾、脆生的菱角
喂养着我饥荒的肚皮
至今咀嚼还发酵出乡愁的味道

秋天,我惬意地躺在湖滩
看芦苇白头、飞絮
填充我诗意般的幻想
至今那金色的湖畔
还存储着我梦想的种子

冬天,我坐在灶塘
用湖岸打回的一捆捆柴草
点燃严寒的炊烟

至今那一捧炉火
还温暖着我人生每一个冬天

漂泊异乡的日子
我时常想起
那方波光粼粼的湖
无论春夏秋冬
她都默默守候在村口
呵护着离家的孩子
别走出故乡的视野

湖

黄海

海南省作家协会

湖面没有一丝波澜
如沉睡的雪地
阳光照在它身上
数出了有多少片鳞甲

湖水只是暂时沉睡
愤怒时能唤醒魔鬼
舞蹈着上升
不会有惊涛骇浪
缓缓地淹没一切

湖水伪装着自己的心灵
让周围变得平静
待到需要的时候
才会让自然之力怒吼

它推测人生还有多久
谁能陪它消除万古忧愁

湖,谁将有幸娶你做新娘

陈瑜

江苏省南京市浦口区公安分局

你,像巨大的画卷
点缀着
祖国的辽阔幅员

你,没有长江
奔腾不息、惊涛拍岸的恢宏
你,没有大海
汹涌磅礴、放荡不羁的霸气
你,比河流 高雅
你,比池塘 大气

你 烟波浩渺
你 仪态万方
你 风情万种

舒缓 静谧 婉约
秀外慧中
逸出 唐诗宋词的韵味
恰似
你的温柔

你，超脱于

江 海 河 池

仿如 一个温婉的女子

静静地 静静地

守着初心

期盼着

懂你的那个

情郎……

谢谢你，湖泊

谢瑞泽

南京市银城小学（一年级）

青蛙对湖泊说，
谢谢你，湖泊，让我的宝宝在这里长大。

荷叶对湖泊说，
谢谢你，湖泊，让我们在这里生根开花。

白鹤对湖泊说，
谢谢你，湖泊，让我的伙伴在这里安家。

人们对湖泊说，
谢谢你，湖泊，让我们在这里饮水玩耍。

湖泊微笑着回答，
请保护好我们，让我们更好地服务大家。

诗韵湖泊

02
科学颂湖

水调歌头·赞江苏环保

卢旭逢

广东省揭阳市揭东区桂岭镇桂岭初级中学

自古江南好,是我梦中乡。太湖如镜留影,飞鹭喜徜徉。苍莽云台叠翠,茂树鸣禽与乐,花果四时香。驻足园林里,胜似住天堂。　　护名城,环卫士,伴朝阳。揽霞万缕,春色旖旎更添妆。同德同心布景,握起东风椽笔,合写大文章。滚滚江淮水,逐梦咏歌扬。

注:此词谱依《钦定词谱》,韵依《词林正韵》。

云台,即云台山,位于江苏省连云港市东北部山岭,唐宋时称苍梧山,亦称青峰顶,是江苏省的最高峰。

临江仙·河长

龚波

江苏省南京诗词学会

全域水网无寸隙,清波漾在心头,浪花飞处几回眸。控防兼补正,河长一肩收。　轻舟双棹荷香里,为人留住乡愁,江湖问计有良谋。初心学大禹,治水最风流。

山坡羊·天山湖泊行

于革

中国科学院南京地理与湖泊研究所

序：2018年8月执行国家重点研发项目，考察和钻探新疆博斯腾湖、巴里坤湖、艾比湖、柴窝堡湖和赛里木湖。工作之余，赏析天山南北湖泊漪丽风光和与湖泊进退相关的悲壮历史，填《山坡羊》五阙以记之。

红柳云杉，湖群天山，风劲草润饱马羊。雪山近，水岸长，湖盛泊衰亦自然，千古冰川今日流淌。山，卧如蟠；水，千里浪。

汉代狼烟，丝路雪山，梵音绕泊驼铃响。沙丘进，商旅荒，冰川退缩湖底干，匈奴不再孔雀河断。湿，盛大汉；干，空楼兰。

西风盛向，湖面高涨，大唐西域烽火暗。突厥消，圆吾疆，荒漠退缩水草长，满了驿站挤了口岸。盛，湖泊涨；衰，湖泊亡。

明清西风，水润天山，满汉双城再辉煌。望湖泊，东归还，纵然锁阳也驱寒，博湖安家放牧山南。杨，看胡杨；杉，数云杉。

麦稞成垅，榆树成行，绿洲葡萄湖白帆。西风盛，水域满，天山飞狐羌笛扬，扩了湿地润了草场。湖，有望涨；水，绿如蓝。

澜沧江之大朝山水库
——2019年采样路途艰险

王仕禄

中国科学院地球化学研究所

山高伟岸,虎啸其涧。
谷深秀美,鸟鸣喈喈。
水出平湖,其何澹澹。

水清且柔,鱼游甚欢,
蛟潜深渊不思岸。
紫气升腾,草木茂盛,
鲲鹏直上九重天。
美景留不住英雄汉。
不到源头心不甘。

站在历史的最高处

朱国栋

江苏省南京诗词学会

序：2016年7月4日，我们一起见证了固城湖水位超过历史最高水位，也见证了高淳人民抗击洪魔的壮丽画面。在巡堤之余写下些文字，献给防汛一线人员。

风声雨声交织成绝唱
在江南大地上肆掠
穿过厚厚云层的雨滴
子弹般射向胸膛
曾接受过我们咏颂的雨水
以千年不遇的形式
践踏街道，冲毁金黄收成
卷走炊烟与鸟鸣

在这灿烂的七月
怎能容忍暴戾洪水威逼生命
随着一声声号令
防汛人冲向每一处堤坝
将背脊挺立成坚固长城
用足迹丈量堤坝每一寸土地
那些来不及种植乡恋的肩膀
在堤上用麻袋和石块
筑起比洪水还高的精神

多少个日日夜夜挥洒汗水
多少次堤上挥动铁锹钢锹

巡不完的漫漫长堤

爬不尽的高高堤坡

"坝体、闸门、溢洪道、库容"

是你强健身影必然走过的风景

"警戒水位、降雨量、集雨面积"

是你丈量洪水的标志标尺

"溢洪、管涌、渗漏、漫坝"

是你敲响应急抢险警钟的强烈信号

防汛人啊，你说你爱

这方土地的每一个人、每一寸堤

每一棵草、每一株树

当汗水滚落

就和着泥沙装进麻袋

带着无坚不摧的坚毅

压下逐渐升起的水位

你站成了一棵松，巍然耸立

你们站成一堵墙，众志成城

在这历史的最高处

民众必将为你们竖起不朽的丰碑

居延海

王殿中

北京空间机电研究所

古时飞将守华夏，
今朝东风壮汉家。
弱水重生居延海，
不往京城走黄沙。

序：居延海畔既是古代中原王朝抵御漠北入侵的要塞，也是1949年后东风导弹的试验场和酒泉卫星发射场所在地，今天，黑河水注入干涸的居延海，不仅使当地生态环境改善，还消除了此处向华北地区输送沙尘的危害，是国家生态文明建设的可喜成果。

星云湖见水华有感

朱广伟

中国科学院南京地理与湖泊研究所

江川青铜历史长,澄江化石美名扬。
各抱一湖促膝坐,姊妹俱秀润百乡。
星云地处江川下,抚仙端坐澄江上。
一浅一深生态异,一肥一瘦隔河伤。
高原明珠均当爱,生态救护勿相忘。
退田还湿元气生,定现星云水优良。

注:云南九大湖泊中的抚仙湖和星云湖紧密联系,由一条1.9千米长的隔河连通。两湖边上分别是以古生物化石出名的澄江县和以李家山青铜文化闻名的江川县,人类活动影响强度类似。然而,由于抚仙湖面积大,平均水深89.6 m,而星云湖面积小,平均水深只有5.3 m,水量相差100倍,一深一浅、一大一小,在面对相似污染负荷时,生态系统结构与水质迥异。为保护抚仙湖,连通两湖的隔河也被彻底阻断。近年来,随着生态文明得到高度重视,两湖实施了大量的生态保护工程,包括湖滨带的退人、退房、退田、退塘等"四退三还"工程,并在星云湖建设了蓝藻水华打捞处置工程,星云湖有望重现清水状态。

松花湖行

刘童

安徽省霍邱县师范学校

松花江上松花水,万顷曲折烟波里。

白帆浩淼鸟飞翔,山峦倒影风光美。

环抱群峰立清幽,湖区似画入眼眸。

无限生机增勃勃,骚客吟囊一望收。

丛木滴翠春烂漫,盛夏林谷莺声唤。

秋来红叶漫山飘,篾簌冬雪白两岸。

此间岛屿冠巍峨,呼他小艇任穿梭①。

扣弦兴招鱼儿引,胜景姿态更繁多。

客踪上下等欣赏,弃船倚亭凌绝想。

明朝石刻浩然存,溯古开来动精爽②。

四围莽莽树杉深,百禽飞窜无处寻。

天然名目各争艳,都是苍苍造物心。

人工泊,世间之明珠。

蓄水发电誉东北,此生长爱松花湖。

序:①明·唐寅诗:"呼他小艇过湖去,卧看斜阳江上峰。"

②精爽:精神、魂魄。《左传·昭公七年》:"用物精多,则魂魄强,是以有精爽至於神明。"

水调歌头·千岛湖之恋

李建华

同济大学

远眺千岛湖,极目竟无边。天工岛屿棋布,雾霭绕青山。曾是村庄坐落,今已青波水泊,沧海替桑田。浩渺秀湖水,造福予人间。　花木茂,水清碧,映蓝天。笑迎远客,城中湖越泛游船。岛上林中啼鸟,水下鱼儿弄藻,绿水映青山。留梦追来日,生态绿新妍!

序:此篇《千岛湖之恋》由同济大学水域生态研究室与同济大学归国华侨联合会联合创作,作者中既有老归侨,也有水生态领域的新海归。同时,也是为了纪念同济大学老校长李国豪院士曾参加千岛湖的命名活动。

水龙吟·咏太湖

夏征宝

新疆维吾尔自治区供销社

　　浪摇河口垂杨,烟浮岛屿拖蓝翠。季风眷顾,径流灌注,锦书妩媚。玉样乾坤,八方同色,了无尘秽。待芙蓉并蒂,暖融燕雀,飞船疾,游人醉。　　世纪工程竞美。转鸿钧、满天祥瑞。创新时代,复兴有象,小康堪慰。珠绿杯深,蟹黄楼迥,正常消费。重科研、物质文明建设,果真功伟。

星云湖

陈浩

中国科学院青藏高原研究所

曾经广阔今微渺,坦荡湖盆化作田。
贝壳遗存盈谷野,沧桑运动史无前。

序：星云湖，位于云南江川县城北 1 千米处，与抚仙湖仅一山之隔，一河相连。周边村落山坡上有大规模白色螺壳，反映了巨大的湖－田环境变迁。

石臼湖

史烨

江苏省楹联协会

南朝后院养鱼塘,日照龙鳞朝圣堂。
两省渔民藏宝臼,一泓山水是粮仓。
大桥横跨湖心去,轻轨腾空云里翔。
唱晚渔歌呈画卷,天鹅聚集认仙乡。

喜南京"两湖一河"告别围网养殖

胡恩浩
江苏省南京诗词学会

序：据南京日报载，固城湖拆除1275亩围网、秦淮河拆除1804.5亩围网、石臼湖拆除3.5万亩围网，继秦淮河、固城湖水面围网全部拆除后，石臼湖上最后一片养殖围网也被拆除，经过大约两年的努力，南京市"两湖一河"目前已彻底告别围网养殖，再现一望无际、碧波万顷的生态田园画面。特以诗记之。

昔年水面"网连网"，
今日碧波"浪打浪"。
鱼跃满湖观景美，
人欢漫野赏花黄。
喜除围障天无际，
欣建平台鹤有乡。
淼淼澄池怀淡泊，
春晖秋色共时长。

南京月牙湖整治新貌

李晓雪

江苏省南京诗词学会

风光独异护城边,柳岸细风穿锦帘。
留影钟山碧水下,敞怀湖草峻墙前。
月亭心倾聆花语,云阁身趋弄鼓弦。
广场游人歌不绝,除污整治好诗篇。

游潘安湖有感

廖德先

四川省成都市

昨日煤坑满碧漪,谁将腐朽化神奇?
清新恰似潘安貌,动静皆如西子仪。
林秀花明开画本,鹭飞鱼跃见生机。
全民为子湖为局,下活千秋生态棋。

注:依《平水韵·上平四支》,局、活:入声。碧漪:清澈的水波,唐·李贺《河南府应试十二月乐词·四月》:"金塘闲水摇碧漪,老景沉重无惊飞,堕红残萼暗参差。"元·吴师道《赵子固画梅》诗:"千树西湖浸碧漪,醉拈玉笛绕花吹。"西子:指西施。潘安湖位于江苏徐州,原来是采煤塌陷区,经生态修复蝶变成湖阔景美的国家湿地公园,是生态环境修复再造的样板。

诗韵湖泊

03

古风湖韵

云南抚仙湖

李兆华

湖北大学

彩云之南有抚仙,琉璃如洗接蓝天。
晚风吹来浪逐鸟,落霞散去柳生烟。
湖深百米纳涓流,波涌万顷浮青莲。
孤山独对秦汉月,不枉此生山水间。

湖北梁子湖

李兆华

湖北大学

长江改道向北行,留下梁子陪洞庭。
长港百里接樊口,江湖千载共根生。
垄上细雨过无迹,湖中波涛聚有声。
一盏渔火天边来,应是风雪夜归人。

游大明湖

秦源

山东枣庄学院

超然楼内云飘渺,南丰桥下水悠悠。
此景若非瑶池现,应是人间大明湖。

游西湖

贾来发

云南省诗词学会

一

烟染苏堤淡似无,莺声甜透柳间呼。
轻舟睡在西湖里,一任闲云向镜铺。

二

日午浓阴暑尽消,湖边小坐听人聊。
榕须接地风时拂,一任莺声柳上娇。

呼伦湖

吕洋

中央民族大学

晚霞涟漪共水天,戏浪湖鸥话清闲。
候鸟不知家乡美,错把江南做雨田。

贝尔湖一景

吕洋

中央民族大学

北国边境,渡边快艇溅,飞浪怡冷。

鸿雁寒翅单翱,欲坠天堑相敬。

落松雕杨木,想念又飘渺不见情定。

快艇踏风疾行,羽翅交相呼应。

靠岸,三秋雪润。

忽见红羽来,翠身碧影。

掠柔轻俊,终见佳人弄灵。

早应双飞花正吻,找到了天涯钟情。

苦画眉绿黛盼双飞蛾,只得画澜独凭。

玄武湖

洪义

南京市第四中学

湖光山色水悠悠,清灵迷人引客游。
山水城林融一体,金陵明珠耀千秋。
翠虹长堤柳夹道,沿堤漫步看五洲。
环洲烟柳春光谱,鸟语花香雅韵留。
米芾拜石堪醉客,神意天成极品优。
月季万株羞斗艳,钟塔一座迎嘉俦。
江苏爱知结友好[1],珠句玉词共唱酬。
樱洲花海铺雪浪,湖中名湖景更幽。
百米长廊友谊树,露天舞台歌声稠。
风景最佳是梁州,奇花异卉盎中收。
秋菊盆展唤雅士,览胜楼阁纵情讴。
世外桃源映翠洲,超然脱俗远离忧。
龙柏雪松能陶醉,嫩柳淡竹可解愁。
钟山雄峙看菱洲,水波潋滟戏紫鸥。
巨龙戏珠花坛里,珍禽飞上碧云头。
后湖景色无限美,赞誉缘自欧阳修[2]。

注:[1] 1985 年,江苏省与日本爱知县结为友好城市。

[2] 后湖,玄武湖。欧阳修赞誉:"金陵莫美于后湖。"

初秋登岳阳楼晚眺洞庭湖

艾华

南京市第十七中学

寻芳揽胜晚登楼,四面湖山眼底收。
万顷琼田波浩荡,一螺青黛影沉浮。
融融夕照燃星渚,逸逸流霞逐箭舟。
秋水长天浑一色,闲云窗外戏飞鸥。

梦游宁夏沙湖吟得七律两首

胡迎建

江西省社科院

一

擘开荒漠造蓬瀛,万顷琉璃混太清。
终古蜿蜒腾翠嶂,于今泱漭有流莺。
光分晓日虹霓幻,斗挹平湖星汉横[①]。
却喜春风来塞外,洗尘到此掬澄泓。

二

风轻舟艇送行迟,心旷莫惊白鹤栖。
沙固栽培春树净,湖清滋养苇丛迷。
混茫群涌蓬莱岛,澄碧低围菡萏池。
放眼烽烟散无迹,贺兰山雪映涟漪。

注:① 斗谓北斗七星。

七律·赤山湖湿地行吟

陈亮

十里秦淮此快哉,霞光云影画屏开。
水波媚若秋波送,山色浓如春色堆。
牧笛飞歌人自醉,天鹅伴舞鹭相陪。
游舟行到湖心处,欲把深蓝尽载回。

注:依《平水韵·上平十灰》。笛:入声。赤山湖,位于江苏句容,是十里秦淮的源头。

塞罕坝草原观七星湖

王会东

河北省秦皇岛市青龙一中

北斗天星落,苍原化碧池。
高松罗翠岸,玉桦照清姿。
梦里相思苦,逢时自恨迟。
星湖擎作酒,酣醉欲倾卮。

注:本诗为新声韵。

游安峰山水库

焦佃萃

江苏省东海县

谁蓄碧波山下边,纵眸远眺水连天。
渔舟唱晚轻摇浪,溪影鸣筝膏润田。
傍岸荷花红艳艳,翔空白鹭舞翩翩。
捋须老汉动情处,犹赞当年小铁锨。

注:本诗为孤雁入群格。

金寨梅山水库行

尹睿

中国科学院南京分院

伏晓躁难眠,信步上山岗。
脚下路朦胧,远闻涛訇响。
趋前见涵闸,汹涌翻白浆。
蜿蜒登高处,豁然顿开朗。
曦微山隐隐,雾薄水泱泱。
水复山愈远,山重水更长。
依山水添秀,傍水山益苍。
山水俱寂静,林鸟鸣悠扬。
富氧醉肺腑,无风生清凉。
行至山脚下,登临湖石上。
层林叠青翠,倒映水中央。
绿水澈见底,半镜半粼光。
岸桐身挺直,湖竹影修长。
云影共徘徊,鱼鸟自游翔。
天人融一处,一时竟无想。
避喧居山水,法道效老庄。
空山修心斋,幽水习坐忘。
休管源何处,但知吾何往。

沁园春·咏洞庭

方定成

湖南省桃江县浮邱山中学

云梦汤汤,分坼吴楚,历尽沧桑。叹洞庭南北,四野迷茫;垸堤内外,一片汪洋。水患无常,瘟神肆虐,满目萧疏实凄凉。渔民泪,恰似长堤溃,汇入长江。 春回大地呈祥,八百里湖乡换艳装。看清波荡漾,锦鳞潜跃;粮丰林茂,物产丰饶。候鸟来翔,青纱账里,麋鹿安家白鹳藏。君知否?有八仙过此,暗恋湖乡。

谒金门·洞庭西

廖润昌

广东省广播电视网络股份有限公司东莞虎门分公司

烟霞丽,铺就一江罗绮。独棹渔舟平镜里,桨碎琉璃翡。　　风急洲头岸际,满目蓼花无寄。秋暮孤鸿归误岁,月上惊乍起。

江城子·暮游博斯腾湖

陈琳

中国科学院工程热物理研究所

暮色泛舟醉游郎。波光闪,飞鸟唱,清风送斜阳。莲海犹存瓜果香,沁心脾,味悠长。　　秋意渐起草未凋。蒲叶碧,芦花黄。远山斗艳,层林着彩妆。难得鸥鹭绕浮云,红柳上,月染霜。

望洞庭湖

俞可淼

江苏省南京市江宁区
诗词楹联学会

云梦泽迷离,湖光第一奇。
四时风景异,八百水天漪。
浩瀚连湘鄂,苍茫隐嶂崖。
物华人仰止,胜地美名驰。

注:洞庭湖古称云梦泽。

如梦令·济南大明湖

王会东

河北省秦皇岛市青龙一中

云霭淡浮西渚,细浪轻摇舟橹。菡萏怯腮红,叶绽罗裙曼舞。环顾,环顾,兰浦碧波鸥鹭。

注:本诗为新声韵。

一剪梅·春到桃林湖

王会东

河北省秦皇岛市青龙一中

出塞春风最可嘉。裂了山花,绿了高崖。河边野柳舞蛮腰,鹤起芳汀,凫落平沙。 立坝横空锁大峡。万顷琼田,一叶仙槎。开闸大瀑泻清流,近惠唐秦,远济天涯。

注:本诗为新声韵。

桂枝香·游相思湖感赋

夏征宝

新疆维吾尔自治区供销社

焉耆选胜。见水满一湖,至柔纯净。浴日含星纳汉,白云留影。沙滩芦苇无垠碧,漾清晖、范游鱼艇。淡烟飞过,珍禽叫断,草原山岭。　　设湖长、龙堂有庆。念生态平衡,四时深省。污染源头堵塞,卫生环境。与时俱进宏图展,守初衷、富民成命。锦流丝路,惠通经济,协同圆梦。

沁园春·锦绣玄武湖

薛锦莲

江苏省南京诗词学会

玄武传神,锦绣湖光,美誉金陵。赞钟山挥笔,从容霸气;五洲泼墨,画卷眸惊。古韵腾辉,今风旖旎,千载人文盛世凝。繁华处,看花开富贵,鸟唱太平。　　流连碧水晶莹,曾多次,环湖忘我行。享桃源仙境,怡然若梦;烟波溢彩,魅力倾城。陶醉其中,沉迷胜地,缱绻心生不老情。时逢夏,再怡情菡艳,惬意丹青。

念奴娇·靓夜后湖洲

李四新

江苏省南京诗词学会

后湖春幔,暮轻沁,萍浦托晖涟月。北廓新容,妆灿烂,翠岛流光夜色。庙阁鸡鸣,宫墙城亮,紫韵红加叠。如仙如幻,妙然难与君说。　　疑是天外穹莱,更如西子戴,琉金环珏。故苑依然,还看我,重把湖山排列。再写金陵,风流抒锦绣,地灵人杰。新园新貌,百年兴盛家国。

临江仙·泛舟后湖

李书桥

江苏省南京诗词学会

轻雾茫茫晨送爽,朦胧山色湖光。岸边垂柳逐波扬。赏花幽境处,绿叶擎荷芳。　　诗友放歌欢乐颂,泛舟桑泊清凉。碧波鱼乐鸟飞翔。恢宏城堞秀,玄武绘新妆。

行香子·高淳固城湖

汪士延

江苏省南京市高淳区文旅局

　　碧水涟漪,岸柳婆娑。固城湖万顷银波。丰饶水产,致富之歌。喜重环保、重养蟹、重栽荷。　辛勤治理,终赢成果。大汗流、湖长尤多。渔舟唱晚,鸥鹭浮波。看花含露、鱼弄月、舸穿梭。

绿意·双范龙湖晨眺

方雪祥

江苏省南京诗词学会

芳菲龙岳,喜凭栏眺望,枫红松绿。潋艳湖光,叠叠峰峦,波动莹莹如碧。琼楼窈窕风移树,凝香处,芳雾甘洌。映朝晖,时尚之乡,仿佛人间梦里。 晓露芙蓉晨起,正芳华玉润,水漾清绝。改革创新,播雨耕耘,终教蛹成化蝶。冲霄一鹤溪云上,再奋斗,追梦情烈。淡笑间,澄澈山林,人在画中楼阁。

七律·题佛灵湖

汪 滢

安徽省宣城市郎溪县联运公司

灵光浣得梦轻柔,风起涟漪水若绸。
万物澄明无俗虑,千波潋滟是清流。
佛兴东莞湖为镜,心向西天月作舟。
白鹭归来惊且喜,翩然一舞彩云悠。

注:佛灵湖位于广东省东莞市。

一剪梅·胭脂湖

汪 滢

安徽省宣城市郎溪县联运公司

曾见佳人至此游,遥想当年,一叶轻舟。胭脂滑落到湖中,化作传奇,多少乡愁。　生态和谐引白鸥,碧水依然,恍若明眸。沅江美丽又康庄,芦笋扬名,致富无忧。

注:胭脂湖,位于湖南省沅江市,据说是范蠡携西施退隐之地,因玉人临湖妆扮,滑落胭脂,遂得名。

诉衷情·梅梁湖

王农林
中国科学院国际合作局

池塘倒影映霞飞,夕阳唱晚归。江南水乡时节,悄然入黄梅。　水连天,山色灰,岸柳堆。十里芳堤,轻鸥几点,小荷如锥。

注:"梅梁湖",太湖西北部湖面及内湖的统称,也是无锡太湖的主要景区所在。

风入松·春游大纵湖

陈海蓉

江苏省苏州市吴江区作家协会

苇风漾漾棹停云。鸥鹭为邻。斜晖映处波红泛,春正好、两岸歌频。摇颈鸬鹚拍浪,抚堤寺塔寻人。　　天开千亩种文鳞。翠玉无尘。板桥暗运生花笔,建安子、又访沙村。纵桨曾迷水径,噙香但逐鱼津。

注:大纵湖,属里下河水系。位于江苏省盐城市盐都区、泰州市兴化两地,当地又名平湖,为古射阳湖经分化解体后的残迹湖之一。

西江月·琵琶湖

王淑凤
江苏省南京诗词学会

背倚城墙仄仄,前临湖面平平。穿林取道绕阶行,乐此不疲雅兴。　　弱柳偎依茅舍,青松掩映闲厅。天光云影弄阴晴,碧水轻摇小镜。

水调歌头·大泉湖

王乃松
江苏省南京诗词学会

久慕大泉景,初访大泉湖。翠峰环抱林隐,白鹭唤鹧鸪。风动清波荡漾,鱼戏逸姿弄影,俯首巧云浮。牧笛众山应,清丽俏村姑。 "四牌妙",公仆慧,展宏图。堤边垂钓,高手竞技定赢输。休憩凉亭桃坞,餐饮名茶蔬野,文士论诗书。告捷鸿猷日,把酒罄三壶。

注:"四牌"指老区牌、民族牌、李元龙牌、生态牌。

南乡子·为紫霞湖题照

周 昇

江苏省南京诗词学会

潋滟溢湖光,袅娜轻摇窄绣裳。风定波清颦顾影,清凉。秋水初含淡淡妆。 无意近红芳,何故飘来缕缕香?隔岸清幽林密处,斜阳。白发吟哦诵锦章。

诗韵湖泊

04

名湖新咏

赛里木湖，蓝色密码

夏云

上海市宝山区作家协会

天空抄袭你的颜色，终究嫩了点
美丽了千年万年的蓝色基因
没人能破译

湖边的花草也向往网红
绿色的草叶，控制着各个高地
它们埋伏在每一个山口
不想模仿什么颜色
它们色彩缤纷，大胆开放
而游客带来妖娆的红
也就眼开眼闭，收入眼帘

湖边的牛羊，在草地模拟云的图案
零星的毡房，扮成了蘑菇
岸边的草细数一粒粒草籽
它们并不急于回家

冬天，大雪封路
赛里木湖结一层透明的冰
落在湖里的雪，闭关修练
默诵着传承千年的蓝色密码

乌海湖，接近大海的湖

季 川

江苏省作家协会

乌海湖，乌海湖

我不得不承认

内心的触摸

或风生水起

或风平浪静

这些水分子聚成的蓝

都是梦的颜色

它肺腑里的吐纳

没有纽扣的胸襟

每一天都可以

解读，诠释，证明

游客流连忘返的足迹

无比惊讶的目光

乌海湖，乌海湖

这大漠里的掌上明珠

它恬静，安详

铺着一望无际的魅力与自信

从一只水鸟飞翔的翅膀开始

从甘德尔山巍峨的气势开始

从太阳神善意的指引开始

从时光天籁般的吟唱开始

没有人会拒绝

落日里的壮美，达观

没有人会拒绝

夜幕下的璀璨，沉醉

乌海湖，乌海湖

这接近大海的湖，我的抵达

已经与每一天哈达的祝愿

紧紧相连

沿着岸堤行走

沐浴湖光山色

我想我不是精神已经返乡

就是激情正在绽放

月牙泉

李春海

中国科学院南京地理与湖泊研究所

风沙肆虐

擂响的战鼓

昼夜不休喧嚣了千百年

征服不了

这叶小小的海

高亢苍凉

游子的羌笛

乡愁悲伤了飞鸟与流云

忧郁不了

这颗晶莹的心

渺小清瘦

却照亮苍黄世界

因为,她是

羁绊凡间的月

远徙而来的海

鄱阳湖（组诗）

黄 海

海南省作家协会

巡访鄱阳

在小学课本里
我就听到了鄱阳的涛声

今天，我步着庭坚表哥的诗行
再看梦中桃花园

湖水掀起菊花酒
我为渊明表叔的乌纱醉得不轻

我徜徉在鄱阳
俨然南山下来的皇帝

寻亲鄱阳

坐着，看见庐山表哥
站起，望见黄山表弟

青海湖，远嫁草原的表姐
洞庭湖，鄱阳即将进门的弟媳

天山老表最有能耐和学问
西域取经一去千万里

泰山这仁慈表叔说出大美
智慧,鄱阳的见面礼

鄱阳,有千万个表姐妹
等着走动的还有千万个表兄弟

鹅翔鄱阳

鄱阳湖有多大
天鹅的翅膀就有多宽

鄱阳湖有多深
天鹅的激情就有多真

看她丰盈的翅翼
正把透明湖水一一抚平

天鹅每次拍翅
都把鄱阳的神经拔向高空

她们在湖面飞舞
滑翔为鄱阳壮丽的诗行

鄱阳湖的水

季 川

江苏省作家协会

那么多淡水,聚满了清澈的约定和绿意
那么多淡水,风也刮不走,雷也电不伤
那么多淡水,滋润着庄稼,喂养着日子
那么多淡水,让鱼儿钟情让水草热爱
那么多淡水,让朝霞早起让夕阳迟落
那么多淡水,让星光提神让月亮养眼
那么多淡水,伫足,与蓝天互为知音
那么多淡水,流动,与大地心心相印

固城湖放歌

汪士延

江苏省南京市高淳区文旅局

消逝的涛声,带走了吴楚争雄的帆影,
平静的湖面,映衬着江南风光的旖旎。
"渔歌唱晚"是你每天的现场直播,
"鱼米之乡"是你拥有的神来之笔……

固城湖,只要轻轻地呼唤你,
我们就会想起"母亲"的含义。
想起你对水乡儿女的哺育,
想起你那"日出斗金"的恩赐。

固城湖,可爱的母亲湖,
我们由衷地赞美你!
你风韵,常常走进诗人的梦境;
你亲昵,时时激发游子的回忆。

春天的固城湖,格外秀丽,
芦芽竞生,杨柳拂堤,
白鹭争飞,一派生机……

湖岸边,古柳旁,
垂钓的老人在悠闲中期待,
那活蹦乱跳的惊喜。
湖面上,小船漂,
船头上的渔妹子英姿焕发,

一篙轻点,一片涟漪……

春雨中的固城湖,弥漫着诗情画意,
是西施浣纱,还是织女穿梭?
朦胧秀色,无边无际……

其实,秋天的固城湖,
更加充满魅力!
湖面上,鱼网落,笑声起,
船舱里,鳜鱼跳,螃蟹挤……

每当菊花飘香的季节,
四海宾朋欢聚江南圣地。
一年一度的固城湖螃蟹节,
这是多么令人陶醉的创意。

来吧,五湖四海的朋友们,
固城湖之约少不了你;
来吧,天南海北的企业家,
水乡人民欢迎你!
固城湖畔展宏图,
看,一轮朝阳正在冉冉升起……

在呼伦湖的波浪里，我愿做一只小鸟

冯金彦

辽宁省本溪日报社

风把云朵丢进湖里洗净

再挂到天上去

树也是 树把影子洗净晒在草地上

我一个也没有捡起来

湖面上的鹅 像唐诗的一个句子

只是少了咏鹅的少年

鹅几百年了 依旧不换衣服

就是怕从唐诗里走出来的少年

不认识它了

马蹄声是一根火柴

从湖蓝色的火柴盒里抽出来

浅浅的小花 散落在湖边

宛如痴情的姑娘 无论风和雨怎么抽打

也不肯说出自己在等谁

随便撕下来一片鸟鸣

就可以包扎为爱而流血的伤口

浪花补丁一样

一片一片 一层一层补呀织呀

补上被星星踩破的地方

这样的一件衣服 湖不舍得穿

一些生命来了 一些生命走了
世间万物都是这样 生生死死
只不过有一些生命 一生只死一次
有一些生命 一岁一枯荣
把每一次死亡当做一次小睡
世间万物 各有各的规矩
该在天上的在天上 该在土中的在土中
该在湖里的在湖里

船是一个把手 钉在湖之上
似乎只要弯下腰
就可以把湖的风光 拎回家去
湖水跑得太快了 岸边的
石头 怎么追也没有追上

我只是一个 57 年的瓶子
涂上了多少沧桑 也算不上文物
只有把呼伦湖的水声装进去之后
我才算活了千年

在这个午后 放下所有的欲望
只晒晒太阳 和湖中的鱼儿一样
只是一个小小的生命

不需要关心这个世界

甚至不需要关心自己

所谓知音 是你掉在地上

把你捡起来 依旧捧在手心的人

小荷才露尖尖角 呼伦和贝尔

落在花的上面

石臼湖畔是家乡

史 烨

江苏省楹联协会

石臼湖啊

你是南朝后院养鱼塘

一网鱼来一网粮

二省三县百姓在这里生息绵延

我家就住石臼湖畔

童年时片片白帆放大我的理想

每每清晨目送它到天边

傍晚有渔歌唱晚

渔民们打捞上来的流星

又在船头点亮归航

少年时我们数着白鹭

用星星在湖心上写诗行

怕大雁带不走沉入湖底的诗

捧一捧湖水，想捧起一颗诗心

却弄皱了一湖的心事

水波渐行渐远各自靠岸

中年时我吟着归来依然少年的诗句

石臼湖畔已经大变样

湖上架起了彩虹桥

一条轻轨在云里飞翔

我的家乡与城市已经紧密相连

水上养殖网箱成片
每年捕捞的欢乐
已经排成了捕捞节日

白鹭依然恋着湖面的倩影,迎风舒展
一群群天鹅也每年应约而来
汇入游客的春潮,与中外网友见面
石臼湖畔我的家乡
也上了各大刊物的封面
船已经载不动我的思念

莫愁，约我走湖

邹 俊

江苏省南京电视台

空濛细雨后，邀约胜棋楼。
眼前那抹红，湖岸竟莲蓬。
千柳绕湖堤，万枝莲花侬。
高洁探深处，绝色并蒂里。

莫愁荷千顷，横塘湖心亭。
亭榭眺远景，栈旁翠罗裙。
划桨穿小桥，惹得红莲羞。
艳姿更绰约，魅影抱月楼。

万盆如玉台，百盏日盛开。
天香独枝清，爱莲妙句裁。
日暮飞鸟栖，叶下安巢席。
水雀聊私语，小荷露新衣。

莲子齐露头，入秋尝新藕。
渐闻蛙声起，还觉醉不休。
驻目观凝翠，上品绿莫愁。
拂香卷涟漪，风韵接西洲。

楠溪江上，鹭鸟的长腿探出传说

聂振生

山东省临沂市第二十八中学

鹭鸟的长腿探出传说

鹧鸪声里蛰藏着诗经里的暮色

古桥是历史挑高的一抹春色

水声顶住花期

花香推远蝶翅

水里的星星举起野鸭

山影掬起一朵荷花的记忆

传说磨损石阶

渔舟从秋风里划进春光

恋人的眺望搭在花香上

荷香挤远桨声

游鱼滑进传说

杜鹃花香压斜蝶翅

青青芦苇拨动着山影

虫鸣绊住恋人的脚步声

古塔攀到历史的边沿

桥影如女人的玉镯

水声拖动花香

一叶舟影

是春天新发的叶芽

借我一座小岛就足够了

汤云明

云南省作家协会

我不想做皇帝 也从不羡慕

指点江山的手笔 一统天下的傲慢

给我这么一座小岛就足够了

这人间仙境啊 最适合

和心爱的女人 生儿育女 然后

每天面朝湖水 畅想

春暖花开的人伦

给我一座小岛就足够了

约上张大仙 李道士 王高僧

垂钓湖鲜 品高山玉叶

摘几个山核桃 干杯木瓜泡五加皮

远离尘世喧嚣 静听仙鹤浅唱

给我一座小岛就足够了

那是我家门前曾经的小山坡

一晃若隔世 这一面湖水

让我再也找不到 来时的路

给我一座小岛就足够了

坐拥一城山色半城湖的富足

梦回水底两座城池的往事

有这些父老乡亲在

我的心情 从不会孤独

与渔村交谈

徐泰屏

湖北省作家协会

与渔村交谈
你就要像鱼儿一样深入到水里
就要像鱼儿一样,在长满水草
遍布渔网和迷魂阵的河流上游几圈
就要知道鳖的诨号叫王八
季鱼的雅称叫鳜鱼
鳊鱼的俗名叫武昌鱼
乌鱼的别名叫黑鱼
鲤鱼的俚称叫鲤壳

与渔村交谈
你就要像水鸟一样飞翔在水天之间
就要晓得长颈鹅是站在浅水里觅食的
野鸭是浮在水面觅食的
凫水鸡是潜到水里觅食的
就要像水鸟一样
晓得哪片水域有鱼有虾
哪种水草可以做窝
哪棵岸柳可以筑巢
哪方河滩可以谈情说爱
哪个港湾可以生儿育女

与渔村交谈
你就要像渔人一样出没于风波浪里

就要操桨弄舟地在顺风里撒网

在逆风里收网

就要明白什么船叫丈四底

什么船叫丈八底

以及五指网捕什么鱼六指网捕什么鱼

然后在搭浆振浆扳浆荡浆之中

把每一天都过得风生水起

与渔村交谈

就要像鱼儿一样与湖水生死相依

像水鸟一样与湖水相亲相爱

像渔人一样吃在湖中住在水上

半亩方塘

许杰臣

天津市作家协会

夏日的村庄
在与欢快的鱼儿嬉戏。
一叶伞下,荷香
醉了三里波光

记不清多少次花开花落
风,变得不再轻盈。
灰色的天空,憔悴地
挂在那高高的烟囱上

方塘半亩,曾经清澈的水
已然退避一隅。
无助的我,寻思着
如何放养童年时的云

诗韵湖泊

05

锦绣江南

花神湖探春

吴其盛

江苏省南京诗词学会

湖水是多情的

以致有太多的花瓣

掉落其间

以致满湖清波都荡漾

宋词的婉约

和百花的娇媚

青青柳色

拂动季节柔情的丝弦

引仙子姗姗而至

临水理红妆

湖面就此反射

花开古今的大戏

牡丹雍容芍药华贵

百合温馨玫瑰多情

一湖春色一湖花

相信对岸那位垂钓的老翁

必将钓起

一段关于花的传奇

醉美大石湖

裘如君
江苏省南京诗词学会

远离都市的尘嚣
你静静地躺在这里
朝饮蝉露夜枕蛙眠
如此惬意安然
仿佛如出禅入定的高僧
一个静字把所有的焦虑定格

绿色生态的大石湖
汲取天地精华并以此为墨
一幅老子的无为大作徐徐落定
上善若水
你如是说

七言旧体诗一首
——己亥六月十五日，即兴题友人玄武湖摄影新作

顾人和

中国科学院南京地理与湖泊研究所

桑泊六月添风景，
十里荷花万象生。
清丽蓬勃昂首起，
独忧朝霭蔽良辰。

仙林羊山湖遐思

肖福民

江苏省南京市栖霞区作家协会

相传是神仙流下的眼泪,
积蓄千年在这里聚汇。
跟着大学城建设开发,
仙林羊山湖就有了称谓。
名声比不上"洪门"前辈。
这里波光山影显得景明风惠。
楼群当周边的警卫,
地铁是时尚的点缀。
羊山象岸边的画屏,
画面深深的绿,层层的翠。
朝雾散去,玉潭碧浪推涟漪,
柳丝飘来,细雨斜风荡绿穗。
晴日,浮云把湖面当作镜子,
傍晚,夕阳将水波染成玫瑰。
春晓,湖岸把精灵聚拢,紫燕凌空花吐蕊,
夏夜,月光把水面揉碎,绿荷摇摆蛙声脆。
闻到芳草泥土气息,
怎不怀念曾经熟悉的滋味!
大学城钟灵毓秀名校荟萃。
羊山湖云水迢递湖山联袂。
仙林像个妙龄少女,
羊山湖尽显妩媚。
仙林成为追梦福地,
羊山湖是绿色祥瑞!

她为"学海文澜"的搏
浪者消除疲惫,
她让科创软件的编程人精力充沛。
周末,人们在湖畔相约,
漫步赏景,沙龙派对。
感受大自然的抚慰,
积聚正能量的储备。
仙林人编织新的经天纬地,
羊山湖必然风云际会。

采红菱

徐泰屏

湖北省作家协会

在这个采采摘摘的季节
每一颗成熟的红菱
都是跳跃的动人音符
这时候,你
不能不仔细地掂量手中的红菱
久久地,用心感悟
它在风浪中有棱有角的一生

这不是简单的重复劳动呀
每一个采摘的动作
都会让你在手握红菱时
有比有较地,想起了
鹅卵石的浑圆

在波峰浪谷里守望一种结果
面对那些无法圆滑的水生植物
你,是否
也长出了一些带刺的角

湫湖

张国安

江苏省南京市溧水区高级中学
附属初级中学

湖山藏一秋
不必分，月在水
或在岸

山上，林木不高
足以成檩成椽
构筑一方心灵香巢

湖水，不辽阔
足以灌溉良田
滋养万顷稻田肥鱼

一粒，不多
足以见微知著
窥见"苏"字的繁体

我喝着东屏湖的乳汁长大

张 健

江苏省南京市作家协会

我已经记不清母亲乳汁的滋味

我只能够记起我幼时的眷恋

只有在母亲的怀抱里

我才会睡得那样香甜

东屏湖，她也是我的母亲

用她甘甜的乳汁

还有那博大深沉的无私的爱

哺育了我的童年，青年，直到老年

我喝着东屏湖的乳汁长大

我深深地爱着她

就像爱着我的母亲

这一颗镶嵌在南京大地上的璀璨明珠呵

在美丽的大金山和浮山之间

荡漾着柔情无限

风儿轻轻吹过，水光潋滟

东屏湖啊，我的母亲

您把青山拥入您的怀抱

勾勒一幅多彩的画卷

您用丰富的鱼虾蟹鳖

将您的富饶和慷慨呈现

一泓碧水，气象万千

东屏湖啊,我是您的孩子
您给予了我生命的营养
给予了我刻骨铭心的爱恋
哪怕是走到海角天边
东屏湖啊!我的母亲
我依然会把您深深地眷念

东屏湖啊,我的母亲
您广阔的胸怀里包容下了白云蓝天
灌溉了您身边的万顷良田
让这片土地流出了带着芳香的金钱
还有幸福生活的醇美甘甜

东屏湖啊,我的母亲
我想为您写下赞美的诗篇
您却从不需要歌颂的语言
只要您的孩子爱您多一点
您就会用最真诚无私的奉献
写意中国梦的碧水蓝天

鹧鸪天·诗意高邮湖

黄国禹

江苏省扬州诗词协会

我为家乡写首诗,千年古镇运河依。珠湖雪浪波光渺,州渚蒹葭野鹜啼。

渔帆竞,鹭鸥飞,莲蓬深处鲫鱼肥。乡愁无序风扶柳,清寂无眠浪拍堤。

莫愁湖

李四新
江苏省南京市玄武区诗词学会

独秀横塘织锦洲,如烟如梦幻春秋。
海棠烨煜人迴榭,芍药清凉月抱楼。
拾韵邀来沧浪水,遗芳归去洛阳舟。
石城睹胜涣春色,折柳扶风送莫愁。

湖边家居

刘卓洲

江苏省南京市高淳区诗词楹联学会

家居倚固城,每浴两湖风。
天广云来去,澜平鸟纵横。
晴和看窈眇,烟雨幻迷朦。
四季春如画,波涛梦里听。

注:① 窈眇:美好。
② 两湖:高淳的石臼湖和固城湖,其中"固城烟雨"为高淳古八景之一。

固城湖夕照

孔晓华

江苏省南京诗词学会

杨柳依依碧草芳,远山如黛近荷香。
固城湖里轻舟漾,婉笛悠悠醉夕阳。

玄武湖

李四新
江苏省南京市玄武区诗词学会

台城叠翠抱明珠,第一苑园扬楚吴。
花馥五洲红馆阁,柳娆十里绿山湖。
清泠八极云根旺,润泽千春地脉舒。
岚韵潋波天外画,临池泼墨锦新图。

落霞固城湖

史菊花
江苏省南京诗词学会

袅袅渔歌里,金风向晚吹。
一湖秋尽染,两岸锦成堆。
云影随人渡,夕阳送橹归。
芦花摇曳处,诗兴共霞飞。

固城湖蒋山渡口

史菊花

江苏省南京诗词学会

蒹葭若翠帏，裙影水之湄。
风送幽禽语，霞逐白鹭飞。
依依过野径，脉脉对斜晖。
一艇飘然至，何人唱小薇。

固城湖（二首）

刘卓洲

江苏省南京诗词学会

其一
风软春阳柔，银波着钓钩。
纸鸢晴日畅，水鸟二三浮。

其二
远空不见崖，树众忙开花。
春意朝阳暖，鸟们水作家。

石臼湖大桥

陈正华

江苏省南京诗词学会

万丈长龙卧石湖,江当又架一新途。
车行桥上凝神望,碧水秋阳远岸浮。

夏游玄武湖

成为富

江苏省南京诗词学会

十里河塘水榭依,蝉鸣鱼跃返涟漪。
采菱女唱新时代,不忘初衷向党旗。

赞金牛湖

湖光山色令人醉,茉莉花开友谊传。
青奥健儿拼技艺,帆船竞发箭离弦。

张一飞

江苏省南京诗词学会

咏固城湖

汪士延

江苏省南京市高淳区文旅局

碧波潋滟固城湖,水色山光入画图。
唱晚渔舟披夕照,随风荷叶戏游凫。
泛舟烟雨诗情发,垂钓涟漪杂念无。
待到金秋螃蟹节,持螯把盏品珍腴。

固城湖

李小铮

江苏省南京诗词学会

湖光山色游人醉,草长水清鲫鳜肥。
把酒临风荷气至,神怡心旷鹧鸪飞。

石臼湖

袁裕陵

江苏省南京诗词学会

渔歌清越柳含烟,万顷波光水接天。
造化上苍喜有赠,琼浆一臼泽人间。

晨，玄武湖

陈方圆

中国科学院南京分院

洲洲堤桥通，枝叶自枯荣。
金波漾晨曦，天地混一体。

七律·畅游汾湖

崔爱琴

安徽省宣城市

风芦翠鸟舞翩翩,一入汾湖恍若仙。
绿韵之中生紫气,红尘以外是蓝天。
游人信步浑无虑,兰桨分波自有缘。
莫问今朝何处宿,心闲必定好成眠。

星海湖

王加华

江苏省连云港市《花果山诗词》编辑部

水碧山青鸟语迟,黄花野果客欣怡。
重阳未见萧萧叶,莫是天公错记时。

龙墩湖观日出

诸浩峰

江苏省南京诗词学会

东方云絮染朝霞,晓月晨星回老家。
碧水青山皆似画,湖中托出大金瓜。

大泉湖畔

张达闽

江苏省南京诗词学会

绵丘翠盖润双眸,笑靥桃花步履留。
止马池杉歌漾影,大泉湖畔兴难收。
烟岚春色千屏画,水滟波光万遍柔。
沧海变迁谁揽月,桃花源记再描勾。

花神湖

卢象贤

江苏省南京诗词学会

有女当年曾舍身,捐躯湖底救乡邻。
传奇瑰丽崇仁勇,塑像清纯拜美真。
水阔层层新画页,桥长孔孔小花神。
临斯便把心尘漱,何必桃源去问津。

石臼湖

毛乐耕

江苏省南京诗词学会

烟波生浩淼,石臼碧茫茫。
日丽凭鱼跃,风和任鸟翔。
苍天溶水色,绿水映天光。
网起渔歌唱,斗金万石粮。

游高邮湖

黄国禹

江苏省扬州诗词协会

莲藏凫雁语，古寺磬钟声。
水阔蒹葭瘦，堤寒落叶轻。
珠湖长浪远，烟渚钓舟横。
砧韵渔家女，杨帆起五更。

致　谢

本书所采用摄影图片由蔡小愚（南京远古水业股份有限公司）、曹志刚（中国科学院南京地理与湖泊研究所）、陈方圆（中国科学院南京分院）、陈富平（泰州市摄影家协会）、陈建（南京科普影像协会）、程龙娟（中国科学院南京地理与湖泊研究所）、笪文怡（中国科学院南京地理与湖泊研究所）、范兴旺（中国科学院南京地理与湖泊研究所）、方慧芬（福建农林大学）、高晓峰（南京师范大学）、龚伊（中国科学院南京地理与湖泊研究所）、黄涛（南京师范大学）、黄小彧（昆明动物研究所）、姜胡雁（华中师范大学）、姜涛（内蒙古农业大学）、金苗（中国科学院南京地理与湖泊研究所）、李典鹏（新疆农业大学）、李进（江苏省泰州市科学技术协会）、杜文静（中国科学院南京地理与湖泊研究所）、李进京（宁波大学）、李凯迪（云南大学）、梁佳（中国地质大学（武汉））、刘恩峰（山东师范大学）、杜远达（山东师范大学）、刘平平（中科水治理有限公司）、刘星根（中国科学院南京地理与湖泊研究所）、隆浩（中国科学院南京地理与湖泊研究所）、孟诗棋（南京农业大学）、邱炜（中国科学院南京地理与湖泊研究所）、任晖（中国科学院地质与地球物理研究所）、施坤（中国科学院南京地理与湖泊研究所）、施婷（湖北师范大学）、宋惠森（中国科学院山西煤炭化学研究所）、童银栋（天津大学）、王建军（中国科学院南京地理与湖泊研究所）、王刘明（兰州大学）、王农林（中国科学院国际合作局）、王强（中国科学院生物物理研究所）、王永杰（中国科学院青藏高原研究所）、王毓菁（中国科学院南京地理与湖泊研究所）、王子彤（中国科学院水生生物研究所）、魏昭彬（中国科学院大连化学物理研究所）、吴桂彬（中国科学院南京地理与湖泊研究所）、吴其慧（内蒙古农业大学）、奚和平（中国科学院南京地理与湖泊研究所）、先义杰（中国科学院国际合作局）、肖勇坚（中国科学院电子学研究所）、谢志仁（南京师范大学）、樊仲英（南京师范大学）、邢路宁（中国科学院南京地理与湖泊研究所）、邢鹏（中国科学院南京地理与湖泊研究所）、杨盼（中国科学院南京地理与湖泊研究所）、于谨磊（中国科学院南京地理与湖泊研究所）、张匆（南京工业大学）、张君（中国科学院亚热带农业生态研究所）、张梦薇（首都师范大学）、朱广伟（中国科学院南京地理与湖泊研究所）、邹伟（中国科学院南京地理与湖泊研究所）等各界同仁友情提供，谨向为本书提供图片的以上单位和人士致谢！